PANAMA

John Grant

KLEINE NASE

Abenteuer im Steinzeittal

Aus dem Englischen von
Cornelia Panzacchi

Mit Illustrationen von
Wilfried Gebhard

cbj

cbj ist der Kinder- und Jugendbuchverlag
in der Verlagsgruppe Random House

FSC
Mix
Produktgruppe aus vorbildlich
bewirtschafteten Wäldern und
anderen kontrollierten Herkünften

Zert.-Nr. SGS-COC-1940
www.fsc.org
© 1996 Forest Stewardship Council

Verlagsgruppe Random House FSC-DEU-0100
Das für dieses Buch verwendete FSC-zertifizierte Papier *Super Snowbright*
liefert Hellefoss AS, Hokksund, Norwegen.

Gesetzt nach den Regeln der Rechtschreibreform

1. Auflage 2008

Die englische Originalausgabe erschien unter dem Titel
»Little Nose the Hero«

Published by arrangement with Simon & Schuster UK Ltd.
Africa House, 64-78 Kingsway, London, WC2B 6AH
A CBS Company
Übersetzung: Cornelia Panzacchi
Umschlagbild und Innenillustrationen: Wilfried Gebhard
Lektorat: Hjördis Fremgen
Umschlagkonzeption und Innenlayout: Anette Beckmann /
Jule Brenner, Berlin
hf · Herstellung: WM
Satz und Reproduktion: Uhl + Masssopust, Aalen
Druck: GGP Media GmbH, Pößneck
ISBN 978-3-570-13549-5
Printed in Germany

www.cbj-verlag.de

KLEINE NASE TRIFFT ZWEIAUGE

Die Geschichte vom Jungen Kleine Nase spielt vor langer Zeit. Er gehörte zu einem Volk von Frühmenschen, die man »Neandertaler« nennt. Und weil es in jenen Tagen auf der Erde sehr kalt war, bezeichnet man die Zeit als »Eiszeit«. Damals gab es viele wilde Tiere. Die Löwen, Bären und Wölfe der Eiszeit hatten ein besonders dickes Fell. Auch die Mammuts, die Elefanten jener Zeit, waren riesig und besaßen ein dichtes, wuscheliges Fell.

Die Neandertaler waren kleine, stämmige Leute mit kurzen Hälsen und dicken Nasen. Auf diese Nasen, mit denen sie auch gut riechen konnten, waren sie sehr stolz.

Kleine Nase hieß so, weil seine Nase vergleichsweise klein war: Sie war nicht größer als eine Beere.

Zusammen mit seinen Eltern wohnte Kleine Nase nicht in einem Haus, sondern in einer Höhle. In der Nähe des Höhleneingangs brannte immer ein Feuer. Daran konnten sich Kleine Nase und seine Eltern wärmen. Außerdem hielt das Feuer wilde Tiere fern. Das war wichtig, denn die Höhle hatte keine Tür.

Manchmal war Kleine Nase ungehorsam und das konnte sehr gefährlich wer-

den. Ein Kind, das zum Beispiel alleine in der Gegend herumstreunte, konnte von einem Säbelzahntiger gefressen oder von einem Wollnashorn platt gedrückt werden.

Heute war Kleine Nase besonders unartig gewesen: Seine Eltern waren auf die Jagd gegangen, und anstatt aufs Feuer aufzupassen, hatte er es ausgehen lassen.

Jetzt versuchte sein Papa, es wieder anzuzünden. Kleine Nase sah dabei zu. Papa hielt zwei Feuersteine in den Händen. Er wollte Funken erzeugen, indem er die Steine gegeneinanderschlug. (Damals gab es nämlich noch keine Streichhölzer oder Feuerzeuge.) Doch es entstand kein Funke.

»Vielleicht brauchst du neue Feuersteine«, sagte Mama.

»Wenn er das Feuer noch einmal ausgehen lässt, brauche ich eher einen neuen Sohn«, schimpfte Papa vor sich hin.

Und da sie kein Feuer hatten, rollte Papa zum Schutz vor den wilden Tieren Felsblöcke vor den Höhleneingang.

Am nächsten Morgen gab es ein kaltes Frühstück. Papa machte sich fertig, um neue Feuersteine zu besorgen.

»Hast du genug Geld dabei?«, fragte Mama.

»Ich glaube schon«, antwortete Papa. Er

zog eine Handvoll bunter Kieselsteine aus der Tasche, die damals als Geld verwendet wurden.

Er küsste Mama zum Abschied und wollte gerade die Höhle verlassen, als Kleine Nase fragte: »Darf ich mitkommen?«

Einen Augenblick lang blieb Papa stumm, dann fragte er: »Nach dem, was du gestern getan hast?« Schließlich brummelte er: »Na ja, in Ordnung.« Und Papa ging los.

»Auf Wiedersehen, Kleine Nase«, rief Mama hinter ihrem Sohn her. »Sei bitte brav. Und schau schön links und rechts, bevor du über einen Wildpfad läufst.«

Aber Kleine Nase hörte schon nicht mehr zu, denn er dachte an sein Geheimnis. Er besaß einen eigenen grünen Kieselstein. Kleine Nase hatte ihn am Fluss gefunden.

Noch nie zuvor war der Junge auf dem Markt gewesen. Aber er war sich sicher, dass er dort etwas finden würde, was er sich kaufen könnte.

Papa und Kleine Nase liefen auf einem Pfad durch den Wald. Papa ging mit sei-

ner Keule voraus und Kleine Nase hüpfte fröhlich hinterher. Ein Stück vor ihnen kreuzte ein breiter Wildpfad den Weg. Kleine Nase wollte schon hinüberrennen, aber da packte ihn ein starker Arm.

»Warum hörst du nie auf deine Mutter?«, fragte Papa verärgert.

Kleine Nase schämte sich. Er stellte sich an den Rand des Wildpfads und schaute nach links, dann nach rechts und wieder nach links!

Als er das zweite Mal nach links schaute, kam eine Herde Wollnashörner um die Kurve gerast. Vater und Sohn hechteten ins Gebüsch. Dort blieben sie liegen, bis

die riesigen Tiere vorbei waren. Die kleinen Augen der Wollnashörner blitzten zwischen dicken Zotteln hervor und ihre langen Hörner sahen sehr gefährlich aus. Sobald sie weg waren, setzten Kleine Nase und sein Papa ihren Weg fort.

Kleine Nase kam es vor, als seien sie schon sehr, sehr weit gelaufen, als der Wald endlich aufhörte. Jetzt kletterten sie einen mit Gras bewachsenen Hügel hinauf. Endlich erreichten sie ein paar Bäume, die einen Kreis bildeten. Hier war der Markt. Kleine Nase kam es vor, als seien es Hunderte von Leuten, die hier zusammengekommen waren. Kleine Nase hatte nicht gewusst, dass es auf der Welt so viele Menschen gab. Er trottete hinter seinem Papa her und wurde immer wie-

der von unachtsamen Leuten angerempelt oder angeschrien. Manche traten ihm auch auf die Füße. Der furchtbare Lärm machte ihn fast sprachlos – aber nicht sehr lange.

»Ich habe Hunger«, sagte er plötzlich.

»Du hast immer Hunger«, grummelte Papa. Trotzdem kaufte er von einem Jäger, der einen ganzen Hirsch an einem Spieß briet, für sie beide ein dampfendes Stück Fleisch.

Anschließend ging Papa zu einem alten Mann, der unter einem Baum saß. Neben dem Alten stand ein Schild mit seinem Namen. Wenigstens dachte Kleine Nase, dass dies sein Name sein musste. Als er aber näher kam, sah er, dass früher einmal Folgendes draufgestanden hatte: Felle und Feuersteine zu verkaufen.

Doch Regen und Sonne hatten die Buchstaben abgewaschen und ausgebleicht. Und man konnte nur noch »Felle« und »Feuersteine« gut erkennen. Deshalb dachten viele, der Mann hieße so.

Weder Papa noch der alte Mann schienen es eilig zu haben, den Feuerstein-Handel abzuschließen. Bald langweilte sich Kleine Nase. Er streifte über den Markt, blieb einmal hier und einmal dort stehen. Die Verkäufer boten Kämme aus Knochen und Elfenbein an, aber auch Näh- und Stecknadeln. Es gab Nüsse und Beeren. Und man konnte Felle kaufen.

Hunderte von Fellen. Winzige Felle von Wieseln und Hermelinen und riesige Felle von Eisbären aus dem hohen Norden.

Kleine Nase hatte noch nichts gefunden, was er sich gerne gekauft hätte. Er hatte schon fast beschlossen, seinen grünen Kiesel für das nächste Mal aufzuheben, als er hoch über den Köpfen der Menge ein weiteres Schild sah:

Kleine Nase schob sich zwischen den Leuten hindurch. Sie hatten einen Kreis um einen kleinen Mann gebildet, der auf einem Baumstumpf stand.

»Fünf rote Kieselsteine wurden geboten«, rief er. »Fünf zum Ersten! Fünf zum Zweiten! Fünf zum Dritten! Verkauft! Verkauft an den Herrn in dem Löwenfell für fünf rote Kiesel.«

Der Herr in dem Löwenfell zählte die Steine ab. Dann wurde ein riesiges, pelziges Mammut zu ihm hinübergeführt.

Ach, dachte Kleine Nase, wenn ich mir nur auch so ein Mammut kaufen könnte! Ich würde es am Rüssel zu unserer Höhle führen. Alle würden sich freuen! Und zu Hause würde ich … Nein, schade! Zu Hause darf ich ja nicht einmal Mäuse halten. Außerdem würde ein Mammut gar nicht in unsere Höhle passen. Und mein Geld reicht wahrscheinlich nicht einmal für ein Mammutschwänzchen.

Traurig setzte Kleine Nase sich neben das Mammutgehege, um ein bisschen auszuruhen. Der Zaun bestand aus dicken Baumstämmen und war so hoch, dass der Junge nicht drüberschauen konnte. Plötzlich zuckte er zusammen. Etwas Weiches und Warmes hatte ihn am Hals gekitzelt. Es war ein Rüssel – ein sehr kleiner Rüssel. Kleine Nase versuchte, zwischen den Baumstämmen hindurchzuspähen. Hinter dem Zaun sah er das kleinste und traurigste Mammut mit dem wuscheligsten Fell, das man sich nur vorstellen kann.

Schnell kletterte Kleine Nase am Zaun hoch, um die pelzigen Ohren des Mammuts zu streicheln. Doch plötzlich packte ihn jemand von hinten am Kragen.

Eine Stimme donnerte: »Was machst du denn da, junger Mann?«

Es war der Besitzer der Mammuts.

»Bitte, bitte nicht schimpfen«, antwortete Kleine Nase. »Ich habe doch nur das Mammut angeschaut.«

»Schwindel doch nicht«, entgegnete der Mann. »Wir haben sie alle verkauft!«

Kaum hatte er das gesagt, da schob sich der kleine Rüssel wieder zwischen den Baumstämmen hindurch. Er kitzelte den

Mann am Bein und der ließ Kleine Nase fallen.

»Schon wieder! Sie haben es schon wieder gemacht!«, rief der Mann einem Verkäufer zu, der angelaufen kam. »Sie haben schon wieder Ausschussware unter die Lieferung geschmuggelt. Der ist noch viel zu klein, um verkauft zu werden. Und schau nur, die Augen sind verschieden! Eines ist braun und das andere ist grün. Wer soll so ein Tier nur kaufen?«

»Ich kaufe es«, sagte Kleine Nase und hielt dem Mann seinen grünen Kieselstein hin.

Der Mann sah erleichtert aus. »Für Ausschussware kann ich nicht mehr als acht weiße Kiesel verlangen.«

Er nahm den grünen Stein und gab

Kleine Nase zwei weiße Kiesel als Wechselgeld heraus. Der Verkäufer öffnete das Gehege und das kleine Mammut trabte heraus.

»Ein braunes und ein grünes Auge«, stellte Kleine Nase fest. »Das macht zwei Augen. Und genauso werde ich dich nennen. Komm mit, Zweiauge.«

Mit seinen beiden weißen Kieselsteinen kaufte Kleine Nase für seine Mutter noch ein Päckchen Knochennadeln. Inzwischen war der Markt fast menschenleer. Kleine Nase sah sich nach seinem Papa um, doch der entdeckte ihn zuerst.

»Wo warst du?«, rief er.

»Gefällt dir mein Mammut?«, fragte Kleine Nase.

»*Mammut? MAMMUT?*«, brüllte Papa. »Spielst du etwa mit Sachen, die anderen Leuten gehören? Bring es dorthin zurück, wo du es herhast. Ach nein, warte, dafür haben wir keine Zeit mehr.«

Er drehte sich zu Zweiauge um, wedelte mit den Armen und stieß einen lauten Schrei aus. Zweiauge erschrak, lief davon und versteckte sich hinter einem Baum.

»Aber Zweiauge gehört doch mir! Ich habe ihn gekauft«, jammerte Kleine Nase.

Doch sein Vater hörte ihm gar nicht zu und marschierte schon den Hügel hinunter. Kleine Nase rannte hinter ihm her. Der Abendnebel zog auf, und die Sonne, die niedrig am Himmel stand, sah aus wie ein roter Ball.

»Trödel nicht herum, sonst verlieren wir uns noch!«, rief Papa.

Doch das hohe Gras brachte den Jungen ständig zum Stolpern. Jedes Mal wenn er aufsah, war es noch dunkler geworden. Und jedes Mal war sein Vater schwerer zu erkennen. Kleine Nase lief und stolperte weiter. Dann fiel er hin! Als er aufgestanden war, konnte er seinen Vater nirgends mehr sehen.

»Papa!«, rief er. »PAPA!«

Doch er hörte nur das Echo seiner eige-

nen Stimme. Kleine Nase begann zu laufen, so schnell er konnte. Noch nie war er draußen in der Wildnis alleine gewesen. Er hatte große Angst. Wer weiß, was sich im Nebel alles versteckte, um ihn anzuspringen!

Die Sonne war untergegangen. Nun war es ringsherum pechschwarz. Er hörte die unterschiedlichsten Tiere knurren und schnauben. Sie raschelten im Gestrüpp und liefen an ihm vorbei. Atemlos blieb er stehen. Hinter ihm war ein anderes Geräusch zu hören und es wurde immer lauter. Kleine Nase rannte wieder los. Doch so schnell er auch rannte, das Geräusch kam immer näher. Plötzlich stolperte er wieder und fiel hin. Kleine Nase blieb mit geschlossenen Augen liegen, weil er viel zu viel Angst hatte, aufzustehen. Jetzt war das Geräusch ganz nah. Er hörte ein Tier laut atmen, wagte aber nicht aufzusehen.

Mama stand am Höhleneingang und sah hinaus in die Dunkelheit. Dann hörte sie Schritte. Und bald kam Papa über die Felsbrocken am Eingang in die Höhle geklettert.

»Wo ist Kleine Nase?«, fragte Mama.

»Ist er denn noch nicht zurück?«, fragte Papa. »Ich dachte, der Schlingel wäre vorausgelaufen.«

»O nein!«, jammerte Mama. »Wahrscheinlich hat er sich im Dunkeln verlaufen. Du musst ihn suchen gehen!«

Schnell entzündete Papa ein Feuer, machte sich aus einem Ast eine Fackel und ging den Weg zurück, den er gekommen war.

Der Nebel hatte sich verzogen und der Mond schien. In seinem Licht war der Pfad gut zu erkennen. Irgendwo zwischen den Bäumen schienen sich Tiere zu verstecken. Von Kleine Nase war aber weit und breit nichts zu sehen.

Dann bewegte sich etwas auf Papa zu. Ein Augenpaar blitzte im Schein seiner Fackel auf. Ein Auge schimmerte braun, das andere grün. Es war ein kleines Mammut und auf seinem Rücken saß – Kleine Nase.

»Hallo, Papa!«, sagt er. »Ich hatte mich verirrt! Und Zweiauge hat mich gefunden und nach Hause gebracht!«

Mama sah den seltsamen Zug, der sich der Höhle näherte. Papa führte Zweiauge am Rüssel. Kleine Nase hockte auf dem Mammut und war schon beinahe eingeschlafen.

Wenig später brachte Mama Kleine Nase ins Bett. Er hielt ihr ein kleines Päckchen entgegen.

»Ich habe auf dem Markt Nadeln für dich gekauft«, sagte er noch. Dann war er schon eingeschlafen.

Das kleine Mammut war geduldig draußen stehen geblieben. Papa nahm es behutsam am Rüssel, führte es am Feuer vorbei und in die Ecke, in der Kleine Nase schlief. Mit einem zufriedenen Seufzer schloss jetzt auch Zweiauge die Augen und schlief ebenfalls ein. Das kleine Mammut sah aus wie ein riesiger Wollknäuel.

DAS SONNEN-FEST

Die Zeit, in der Kleine Nase lebte, nennt man Eiszeit. Damals bedeckten nämlich riesige Eismassen den größten Teil der Erde. Im Sommer war es nicht besonders warm. Und im Winter fegten eisige Winde und Schneestürme über das Land. Die Menschen hockten in ihren Höhlen an großen Feuern und warteten auf den Frühling.

An einem kalten Wintertag, als eine dicke Schneedecke über der Landschaft lag und draußen der Sturm heulte, saß Kleine

Nase mit seinen Eltern in der Höhle am Feuer. Mama und Papa unterhielten sich leise.

»Ich glaube, er ist noch zu klein dafür«, sagte Mama. »Wenn wir es ihm erzählen, wird er es nicht verstehen.«

»Eines Tages wird er es erfahren müssen«, antwortete Papa. »Warum also nicht heute? Du willst doch nicht, dass er vollkommen ahnungslos aufwächst.«

Nun drehte er sich zu Kleine Nase um, der die ganze Zeit mit halbem Ohr zugehört hatte.

»Kleine Nase, du bist jetzt schon ein großer Junge, und es gibt da etwas, was du wissen musst«, sagte er zu seinem Sohn. »Hör gut zu, ich werde dir jetzt etwas erklären.«

»Ich glaube trotzdem, er ist noch zu klein dafür«, wiederholte Mama. Doch Papa sah sie nur kurz streng an und sprach dann weiter.

»Im Sommer scheint die Sonne warm. Sie schmilzt den Schnee, öffnet die Blüten, lässt die Früchte reifen und wärmt den Wind. Das alles ist harte Arbeit und deshalb wird die Sonne mit der Zeit sehr müde. Nun sag mir, Kleine Nase: Was passiert im Herbst, wenn die Früchte reif sind?«

»Es wird kalt«, antwortete Kleine Nase.

»Genau«, sagte Papa. »Aber hast du schon einmal darüber nachgedacht, warum das so ist?«

Kleine Nase, der sehr selten über etwas nachdachte, antwortete: »Nein.«

»Dann«, fuhr Papa fort, »erkläre ich dir das jetzt: Die anstrengende Arbeit, Dinge wachsen zu lassen, macht die Sonne sehr müde. Deshalb spendet sie im Laufe des Jahres immer weniger Wärme. Sie geht immer später auf und immer früher unter. Und irgendwann hat sie kaum noch die Kraft, sich über den Horizont zu erheben. Dann ist sie so schwach, dass schon ein paar Wolken sie ganz verdecken können. Damit die Sonne aber nicht stirbt und wir ohne Licht und Wärme zurückbleiben, muss jedes Jahr etwas getan werden, sodass es wieder einen Sommer geben kann. Bis jetzt warst du zu klein, um mit dabei zu sein. Jetzt aber bist du groß genug und kannst an den Feierlichkeiten teilnehmen. In drei Tagen findet das Sonnen-Fest statt.«

Die folgenden drei Tage waren für Kleine Nase ziemlich anstrengend. Aber nicht nur er, sondern der ganze Stamm hatte alle Hände voll zu tun. Als Erstes fegten sie den Schnee von einer Lichtung. Dann gingen sie in den Wald und sammelten grüne Zweige. Sie brachen Eiben-, Tannen- und Stechpalmenzweige mit leuchtend roten Beeren ab. Sie schnitten lange Efeuranken von den Baumstämmen. Sie kletterten auf hohe Bäume, um Misteln mit weißen Beeren herunterzuholen, und sie pflückten große Mengen Lorbeer. Von

den Hügeln holten sie Färber- und Stechginster, den Kleine Nase nicht mochte, weil er ihm immer die Arme zerkratzte und die Finger zerstach. Das ganze Grünzeug legten sie auf der Lichtung ab, bis man sich dort fast nicht mehr bewegen konnte.

Das war aber noch nicht alles. Ein paar Männer gingen mit ihren Feuersteinäxten in den Wald. Nach vielen Stunden kamen sie erschöpft, aber zufrieden zurück und zogen eine große Tanne hinter sich her. Alle mussten mithelfen, die Tanne mit viel Geschrei und Gestöhne auf der Lichtung aufzustellen. Danach machten sie

sich daran, die ganze Lichtung mit grünen Zweigen zu schmücken. Sie spannten die Efeuranken von Baum zu Baum und befestigten Sträußchen von Stechpalme und Mistelzweigen daran. Aus Tannenzweigen wurden Kränze und Girlanden geflochten. Die wurden an nackte Baumstämme und Äste gebunden, bis die Lichtung aussah, als wäre hier noch Sommer.

»Das ist der Sinn der Sache«, erklärte Papa. »Wir müssen der Sonne zeigen, wie der Sommer aussieht, damit sie sich daran erinnert. Dann zünden wir Feuer an, um sie zu wärmen und ihr etwas von ihrer Kraft zurückzugeben. Natürlich werden wir auch singen, feiern und tanzen. Und alle bekommen Geschenke.«

Das wird ja immer besser!, dachte Kleine Nase.

Schließlich kam der Tag des Sonnen-Festes. Kleine Nase war schon früh wach und sah gespannt der Sonne beim Aufgehen zu. Es schien ihr sehr schwer zu fallen, und es dauerte lange, bis der ganze rote Ball sichtbar war. Sie sah wirklich nicht sehr gesund aus. Kleine Nase fragte sich, ob das Fest vielleicht zu spät kam.

Mama zog ihm sein schönstes Fell an und gemeinsam verließen Kleine Nase und seine Eltern die Höhle. Auf der Lichtung hatten sich viele Leute eingefunden. Alle waren fröhlich und guter Dinge, aber es war noch nichts Besonderes geschehen. Auf einmal wurden alle ganz still und sahen zu der großen Tanne hinüber, an der unzählige Päckchen hingen, die in bunte Blätter und Rindenstückchen eingewickelt waren.

Der weise alte Mann des Stammes stand mit einer brennenden Fackel in der Hand neben dem Baum. Kleine Nase sah, dass ein großer Holzstoß für ein Feuer vorbereitet worden war. Das Holzscheit, das ganz oben lag, hatte man ebenfalls mit Zweigen und Beeren geschmückt.

Mit dem Gesicht zur untergehenden Sonne gewendet, begann der weise alte

Mann zu singen. Die Leute auf der Lichtung klatschten im Takt. Nach und nach fielen sie in sein Lied ein, bis der Gesang und das Klatschen so laut wurden, dass der Schnee von den umstehenden Bäumen herunterrieselte.

Plötzlich verstummten der Gesang und das Klatschen. Der weise alte Mann trat vor, hielt seine Fackel der Sonne entgegen und sagte etwas mit lauter Stimme. Er wiederholte es, und Kleine Nase überlegte, ob die Sonne jetzt wohl wieder in den Himmel hochspringen würde. Doch das tat sie nicht.

Der weise alte Mann warf seine Fackel

auf den Holzstoß, der in Flammen aufging. Gleichzeitig wurden am Rande der Lichtung kleinere Feuer angezündet. Riesige Mengen von Essen wurden herbeigetragen. Es gab Holzäpfel und Birnen, außen braun und runzlig, innen aber weich und süß. Dann wurden klebrige rote Beeren, Hagebutten, Mehlbeeren und Brombeeren von der Hecke am Fluss serviert. Außerdem gab es Esskastanien, Eicheln, Bucheckern, Haselnüsse und Walnüsse. Aus dem Fluss hatten die Männer des Stammes Forellen und Lachse gefischt und Krebse und Muscheln gefangen.

Kleine Nase hatte kaum Zeit, etwas aus-

giebig zu kosten, da wurde er schon von der nächsten Köstlichkeit angelockt. Er stopfte sich so viel in den Mund, wie hineinging. Aber heute ermahnte ihn niemand, auf seine Manieren zu achten.

Während er überall naschte und probierte, hatte sich eine Gruppe von Frauen am großen Feuer zu schaffen gemacht. Bald zog ein köstlicher Duft über die Lichtung. Kleine Nase ging hin, um nachzusehen, was es dort gab. Über den Flammen wurde ein riesiger Ochse gebraten. Das Fett tropfte zischend ins Feuer, und Kleine Nase vergaß, was er bis jetzt schon alles gegessen hatte. Das Fleisch war beinahe schon gar. Und wenige Minuten später schlang Kleine Nase seine Portion mit großem Genuss hinunter. Zum Fleisch gab es Pilze, Trüffel und wohlschmeckende Wurzeln und Knollen. Kleine Nase dachte schon, dass er keinen Bissen mehr hinunterbringen könne, als noch Honigwaben herumgereicht wurden. Der Honig im knusprigen Wachs war teilweise schon zu Zucker erstarrt. Kleine Nase kaute mit vollen Backen und fand, dass er der glücklichste Junge der Welt sei.

Als alle satt waren, wurde das Essen weggeräumt. Dann begann das Singen und Tanzen. Alle klatschten den Rhythmus für die Tänzer, die sich drehten und herumsprangen. Einige hatten sich als Vögel, Hirsche, Jäger oder Fische verkleidet. Alle sangen mit. Obwohl Kleine Nase nicht alle Lieder kannte, versuchte er, nach Kräften mitzutun.

Als Kleine Nase so müde war, dass er beinahe im Stehen einschlief, erhob sich der weise alte Mann. Alle verstummten. Der weise alte Mann stellte sich unter die Tanne und rief einen Namen nach dem anderen. Jeder Gerufene ging zu ihm und erhielt eines der in Blätter und Rinde gewickelte Päckchen vom Baum. In Mamas Bündel war ein Knochenkamm. Papa bekam eine neue Spitze für seinen Fischspeer.

Und Kleine Nase? Er war vor Freude sprachlos: Er hatte zwei kleine Feuersteine erhalten. Es war, als gehöre er jetzt zu den Erwachsenen, denn er konnte nun sein eigenes Feuer anzünden.

Und das war fast schon das Ende des Sonnen-Festes. Kurz bevor sie in ihre Höhlen zurückkehrten, standen alle auf, und der alte Mann streckte seine Arme empor und rief: »Wir hatten Wärme und Licht und haben gelacht. Möge die Große Sonne von Tag zu Tag kräftiger werden und uns einen weiteren Sommer schenken.«

Und stellt euch vor, genau das tat die Sonne auch.

KLEINE NASE MACHT MUSIK

Der Stamm, zu dem Kleine Nase gehörte, war eine große Familie. Alle Mitglieder waren miteinander verwandt und deshalb hatte Kleine Nase viele Tanten und Onkel. Kleine Nase mochte alle seine Verwandten und liebte seine Mama und seinen Papa sehr, doch Onkel Rotschopf war für ihn etwas ganz Besonderes und sein Lieblingsonkel.

Onkel Rotschopfs Haare und sein Bart waren leuchtend rot. Dadurch unterschied

er sich von den übrigen Neandertalern, die alle sehr dunkle Haare hatten. Außerdem besaß Onkel Rotschopf erstaunliche Fähigkeiten. Zum Beispiel konnte er nicht nur mit Feuersteinen Feuer machen, sondern auch indem er Stöcke aneinanderrieb. Er konnte Tiere malen und Geschichten erzählen … Manchmal saß er stundenlang am Feuer und erzählte seltsame und oft auch furchterregende Geschichten über die unwirtlichen Landstriche im Norden, in denen Moschusochsen und Eisbären lebten. Oder er beschrieb das sonnige Land im Süden, wo Fische in einem warmen Meer schwammen und die Früchte größer und süßer waren, als Kleine Nase es sich vorstellen konnte.

Außerdem war Onkel Rotschopf sehr großzügig. Immer wenn er zu Besuch kam, brachte er etwas mit. Manchmal waren es neue Feuersteine für Papa oder das schöne Fell eines fremdartigen Tieres für Mama. Und was bekam Kleine Nase? Er erriet es vorher nie, aber immer war es etwas Aufregendes, was er noch nie zuvor gesehen hatte.

Eines Morgens reparierte Papa gerade einen Speer, während Mama ein von Kleine Nase zerrissenes Fell flickte. Papa hatte schlechte Laune, weil Onkel Rotschopf zu Besuch war. Papa mochte ihn nicht besonders. Papa sah Mama an und sagte: »Na ja, er ist ja DEIN Bruder.«

»Stiefbruder«, erwiderte Mama. »Außerdem kann ich ja nichts dafür, dass er so schlau ist.«

»Genau das ist das Problem«, sagte Papa. »Er ist viel zu schlau für einen Neandertaler. Mit dem stimmt etwas nicht, wenn du mich fragst. Er ist ein bisschen wie…« Papa senkte seine Stimme zu einem Flüstern. »… wie eine Geradnase.«

»Wie eine Geradnase?«, rief Mama empört aus.

»Alle diese Tricks, die er kennt«, fuhr Papa fort. »Können normale Neandertaler etwa schwimmen? Oder mit zwei Stöcken Feuer machen? Und ständig streift er umher. Er wohnt nicht in einer Höhle. Er gehört keinem Stamm an. Er ist irgendwie merkwürdig.«

»Aber er ist so liebenswürdig«, widersprach Mama, »und Kleine Nase liebt ihn.«

»Kleine Nase liebt auch sein Mammut«, schnaufte Papa jetzt aufgeregt. »Aber sein Mammut bringt ihn wenigstens nicht auf dumme Gedanken.«

In diesem Augenblick kamen Kleine Nase und Zweiauge dazu.

»Wo ist denn Onkel Rotschopf?«, fragte Kleine Nase.

»Er ist heute Morgen ganz früh auf die Jagd gegangen«, antwortete Mama. »Er ist ein guter Jäger.«

»Viel zu gut«, murmelte Papa düster.

Ein lauter Ruf erklang und Onkel Rotschopf kam zwischen den Bäumen hervor. Er trug ein großes Stück Hirschfleisch auf dem Rücken.

»Hallo!«, begrüßte er Kleine Nase und seine Eltern. »Ich konnte nur dieses Stück tragen. Den Rest habe ich an einen Baum gehängt, damit die Füchse nicht dran kommen. Wir können es später holen.«

»Was für eine gute Idee«, sagte Mama.

Papa grunzte nur.

»Onkel Rotschopf! Onkel Rotschopf!«, rief Kleine Nase. »Du hast mir mein Geschenk noch nicht gegeben!«

»Kleine Nase!«, schimpfte Mama, doch Onkel Rotschopf lachte nur.

»Es ist gut, dass du mich daran erinnerst, mein Junge. Aber ich habe es nicht vergessen. Wir holen es gleich.«

Onkel Rotschopf nahm Kleine Nase an der Hand und ging mit ihm am Flussufer entlang. Kleine Nase hatte Mühe, mit dem

Onkel Schritt zu halten. Nach einer Weile bogen sie vom Fluss ab, und Onkel Rotschopf sagte: »Hier sind wir richtig.«

Kleine Nase sah sich verwirrt um. »Aber ... Mein Geschenk?«

»Ja, ja, das bekommst du schon«, sagte Onkel Rotschopf. »Bleib einfach hier sitzen und schau mir genau zu.«

Kleine Nase setzte sich auf einen großen Stein. Onkel Rotschopf ging zu einer Stelle, wo sich Schilfrohr sanft im Wind bog. Mit seinem Feuersteinmesser schnitt er ein paar Stängel Schilfrohr ab. Dann setzte er sich neben Kleine Nase und sagte: »Schau zu und pass gut auf, was ich jetzt mache.«

Er nahm ein Schilfrohr und kürzte es. Dann schnitt er einen kleinen Schlitz in das Rohr und gab es Kleine Nase.

»Jetzt«, sagte er, »blase hinein!«

Verwundert nahm Kleine Nase das Ende des Schilfrohrs in den Mund und blies, so fest er konnte. Das laute Summen,

das dadurch entstand, erschreckte ihn so sehr, dass er das Schilfrohr beinahe fallen ließ. Er blies noch einmal hinein und wieder summte es. Kleine Nase war entzückt. Er blies lange und kurze Töne, laute und leise. Als er eine Pause machte, um zu verschnaufen, sah er, dass Onkel Rotschopf noch viel mehr Schilfrohr zugeschnitten hatte. Die Röhrchen waren unterschiedlich lang, und wenn Kleine Nase hineinblies, gab es unterschiedliche Töne. Er war so aufgeregt, dass er kaum sprechen konnte. Er wollte in jede Flöte hineinblasen, aber sein Onkel nahm sie ihm weg

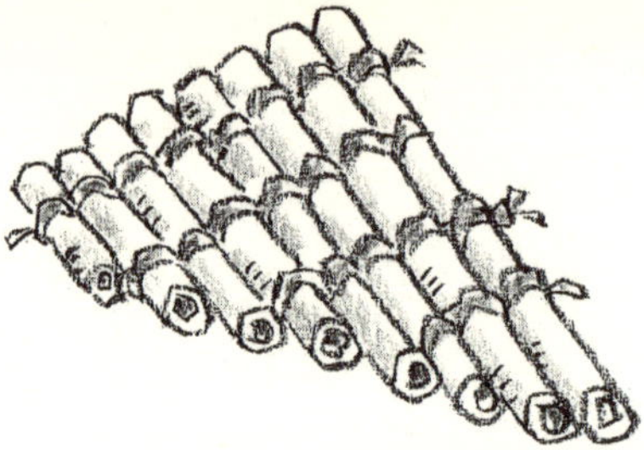

und band sie mit Rindenstreifen zusammen. Jetzt war es ganz einfach, abwechselnd in die verschiedenen Röhrchen zu blasen oder sogar in zwei gleichzeitig. Dabei entstand eine wunderbare Musik. Kleine Nase hüpfte begeistert auf und ab und blies dabei in die Schilfrohrflöte. Verwundert verstummten die Vögel und hörten ihm zu. Kleine Tiere spähten zwischen den Zweigen und unter dem Laub hervor, um zu sehen, woher die unerklärlichen Töne kamen.

Schließlich ließ sich Kleine Nase erschöpft auf seinen Stein plumpsen.

»Onkel Rotschopf«, sagte er atemlos,

»das ist das tollste Geschenk, das ich je bekommen habe.«

»Es freut mich, dass es dir gefällt«, antwortete sein Onkel. »Aber komm, es wird Zeit, nach Hause zu gehen.«

Als sie zur Höhle zurückkamen, standen viele Leute davor. Alle sahen besorgt oder sogar entsetzt aus. Sobald sie Onkel Rotschopf und Kleine Nase erblickten, riefen sie: »Habt ihr das gehört? Was war das?«

»Was war was?«, fragte Kleine Nase.

»Das Geräusch!«, antworteten sie. »Ihr müsst es doch gehört haben! Es kam vom Fluss. Ein seltsames Pfeifen und Summen, wie der Wind in den Bäumen, nur lauter und gleichzeitig wie ein riesiger Bienenschwarm.«

»Ach, ihr meint das hier«, sagte Kleine Nase. Er zog seine Flöte unter seinem Fell hervor und blies ein paar Töne.

Alle wichen erschrocken zurück. »Was ist das?«, fragten sie.

»Das hat Onkel Rotschopf für mich gebastelt«, sagte Kleine Nase. »Damit kann man Musik machen.« Er blies wieder in seine Flöte.

»Onkel Rotschopf …«, murmelte Papa, nachdem die Leute nach Hause gegangen waren. »Das war ja klar!«

Beim Mittagessen verkündete Onkel Rotschopf, dass er am Nachmittag weiterziehen würde.

»Ich bleibe nie lange an einem Ort, das wisst ihr ja«, sagte er.

Während Papa sehr erleichtert wirkte,

weinte Kleine Nase beinahe vor Enttäuschung.

Nachdem Onkel Rotschopf weitergezogen war, vergaß Kleine Nase mit der Zeit seine Flöte. Papa hatte ohnehin gesagt, dass Kleine Nase nur auf ihr spielen dürfe, wenn niemand ihn hören konnte. Und das war praktisch unmöglich, da die Flötentöne sehr durchdringend waren.

An einem warmen Spätsommertag zogen Kleine Nase und sein Mammut Zweiauge los, um Früchte zu sammeln. Kleine Nase hoffte, dass im Wald flussaufwärts vielleicht schon welche reif sein würden. Tatsächlich fanden sie dort Brombeeren und Holunderbeeren und aßen davon so viel, wie sie konnten. Dann wurden sie schläfrig und legten sich im Schutz einer mit Moos bewachsenen Uferböschung in die Sonne.

Kleine Nase hatte schon einige Zeit geschlafen, als er aufschreckte. Zweiauge war aufgestanden, hatte die großen Ohren zur Seite gespreizt und hielt seinen Rüssel schnüffelnd in den Wind.

»Zweiauge, was ist los?«, fragte Kleine Nase.

Das kleine Mammut reagierte nicht, sondern schaute starr in eine Richtung und schnüffelte ganz konzentriert. Dann sah Kleine Nase, wie sich zwischen den

Sträuchern etwas bewegte. Eine Hyäne schlich langsam aus der Deckung.

Hatte die Hyäne sie gesehen? Kleine Nase fand, dass es so oder so besser wäre, zu fliehen. Er zupfte Zweiauge am zotteligen Fell und versuchte, die Uferböschung hinaufzuklettern. Doch die bemooste Böschung war nass und glitschig. Er fand keinen Halt und rutschte immer wieder hinunter. Auch Zweiauge kam die Böschung nicht hinauf. Angstvoll sah Kleine Nase sich um, doch es gab keinen anderen Fluchtweg. Das Gestrüpp ringsherum war voller Dornen und undurchdringlich. Auf dem einzig möglichen Fluchtweg lag die Hyäne. Ihr Kopf ruhte auf ihren Pfoten. Gelegentlich zuckte sie mit den Ohren, um Fliegen zu vertreiben, und beobachtete Kleine Nase und Zweiauge.

Kleine Nase wusste, dass Hyänen feige Tiere waren, die sich aus dem Hinterhalt an ihre Beute heranschlichen. Solange es hell war und sie wach blieben, würde ihnen nichts passieren. Doch es war bereits spät am Nachmittag und die Sonne wanderte allmählich auf den Horizont zu. Kleine Nase überlegte, ob sie an der Hyäne vorbeischleichen könnten. Doch sobald sie sich bewegten, erhob die Hyäne sich und starrte sie an.

Vielleicht konnte er sie vertreiben. Kleine Nase nahm einen Stein und schleuderte ihn mit aller Kraft in Richtung Hyäne. Doch sein Arm war nicht stark genug. Der Stein fiel ins Gras und die Hyäne schaute nicht einmal hin.

»Wir müssen Hilfe herbeirufen, Zweiauge«, sagte Kleine Nase. »Jetzt gleich, zusammen und so laut du nur kannst. Eins, zwei, drei. Hilfe!«

Zweiauge trompetete, und Kleine Nase schrie, so laut es nur ging.

Die Hyäne zuckte zusammen und aus den Bäumen flogen Vögel auf, die erschrocken krächzten oder zwitscherten. Der Lärm, den die Vögel machten, war so laut, dass er die Schreie des Jungen

und das Trompeten des Mammuts übertönte. Kleine Nase schrie sich heiser, aber ihm wurde klar, dass niemand ihn hören konnte. Schon gar nicht Mama und Papa in der Höhle. Wenn seine Stimme nur lauter wäre! Wenn Onkel Rotschopf nur hier wäre! Er wüsste sicher, was zu tun wäre.

Onkel Rotschopf! Natürlich! Kleine Nase hatte eine Idee. Er erinnerte sich daran, dass die Leute seine Flöte damals aus großer Entfernung gehört hatten. Er zog sie aus der geheimen Innentasche in seinem Fell. Er hatte schon lange nicht mehr an die Flöte gedacht. Das Schilfrohr war ausgedörrt und verbogen. Kleine Nase rechnete nicht damit, einen Ton hervorzubringen. Dennoch hielt er die Flöte an die Lippen und blies hinein. Aber nichts geschah. Er warf die nutzlose Flöte weg und schaute zur Sonne, die jetzt zwischen den Baumkronen stand. Auch die Hyäne hatte gemerkt, dass der Tag langsam zu Ende ging, und lief nun unruhig hin und her. Während Kleine Nase ihr dabei zusah, entdeckte er, dass in der Nähe Schilfrohr im Wind raschelte. Leider wuchs die Pflanze ziemlich nahe bei der Hyäne.

Langsam und vorsichtig schlich Kleine Nase zum Schilfrohr hinüber. Die Hyäne wich ein paar Schritte zurück, als wolle sie sehen, was wohl als Nächstes passieren würde. Kleine Nase brach ein dickes Schilfrohr ab und kroch zu Zweiauge zurück, ohne das Raubtier aus den Augen zu lassen.

Er hatte kein Messer dabei, fand aber einen scharfen Stein. Damit versuchte er, das Schilfrohr so zuzuschneiden, wie er es bei Onkel Rotschopf gesehen hatte. Als die Flöte fertig war, sah sie nicht besonders schön aus. Trotzdem hielt Kleine Nase sie an den Mund, holte ganz tief Luft und blies mit aller Kraft hinein.

Zu Hause bereitete Mama das Abendessen vor und Papa legte Holz auf das Feuer. Da erklang ein lauter, summender Ton.

»Was war das?«, fragte Papa.

Er war vor Schreck aufgesprungen und hatte die Holzstücke fallen lassen. Wieder erklang der Ton. Und noch einmal.

»Das ist Kleine Nase!«, rief Mama aus. »Er bläst in das Ding, das Rotschopf ihm geschenkt hat. Ich dachte schon, er hätte es vergessen.«

»Dieser Lärm! Jetzt kann er aber was erleben!«, schimpfte Papa. »Gleich werden sich die Nachbarn wieder beschweren. Und dabei sind sie wegen neulich immer noch böse auf uns.« Er verließ die Höhle und ging in die Richtung, aus der der Ton gekommen war.

Als Papa Kleine Nase endlich fand, war es schon dunkel. Der Junge blies immer noch wie ein Verrückter in die Flöte. Papa wollte sich gerade auf seinen Sohn stürzen und ihm das Ding wegnehmen, da sah er, dass sich im hohen Gras etwas bewegte.

In Schutz der Dunkelheit hatte die Hyäne begonnen, sich näher an den Jungen und das Mammut heranzuschleichen. Ihr schien schon das Wasser im Maul zusammenzulaufen.

Von Musik verstand Papa zwar nicht viel, aber mit dem Steinewerfen kannte er sich gut aus. Ehe die Hyäne wusste, wie ihr geschah, knallte ein großer Stein gegen ihren Schädel. Gleich darauf regnete es kleinere Steine, als würde der Himmel einstürzen. Jaulend rannte die Hyäne

davon. Und Kleine Nase warf sich seinem Vater in die Arme.

Bevor sie zu Mama und zur Höhle zurückgingen, bückte Papa sich und hob das Schilfrohr auf.

»Vergiss deine Flöte nicht«, sagte er.

Und Kleine Nase hielt sie auf dem Weg nach Hause die ganze Zeit fest in der Hand.

Kleine Nase geht auf Reisen

Kleine Nase liebte den Fluss, der an der Höhle vorbeifloss, in der er zusammen mit Mama, Papa und Zweiauge wohnte. Das Wasser floss meist sehr gemächlich dahin – außer im Frühjahr, wenn der Schnee schmolz. Dann schäumten die Wellen. In dieser Zeit riss der Fluss auch Bäume, Sträucher und tote Tiere mit sich fort.

An einem heißen Sommertag saß Kleine Nase im hohen Gras am Ufer und sah auf den Fluss. Die Sonne schien, Insekten summten und Zweiauge wedelte gelegentlich mit den Ohren, um sie zu vertreiben.

Kleine Nase ging zu einer Sandbank hinüber, die vom Ufer aus wie eine Halbinsel in den Fluss hineinragte. Kleine Nase legte sich in den Sand und stellte sich vor, er würde auf dem Wasser treiben. Ihm fiel ein angeschwemmter Baumstamm auf, der sich im Ufergestrüpp verfangen hatte und nun sanft in der Strömung schaukelte.

»Woher der wohl kommt?«, überlegte er laut. »Wird er vielleicht als Feuerholz in irgendeiner Höhle enden? Oder wird er eines Tages ins Meer treiben?«

Onkel Rotschopf hatte ihm einmal erzählt, dass alle Bäche und Flüsse ins Meer flossen. Der Junge drehte sich nach Zweiauge um, aber das kleine Mammut war nicht mehr da. Kleine Nase beschloss, ebenfalls nach Hause zu gehen. Seit dem Mittagessen war viel Zeit vergangen. Wenn Mama zu Hause war, bekam er in der Höhle sicher eine Kleinigkeit zu essen. Wenn sie nicht da war, könnte er sich etwas mehr nehmen …

Kleine Nase schlenderte am Ufer entlang zu einer Stelle, wo der Wald bis ans Wasser reichte. Dort lag ein riesiger schwarzer Bär! Zum Glück bemerkte Kleine Nase das Tier, bevor es seine Witterung aufgenommen hatte.

Der Bär hatte im kühlen Wald ein Nickerchen gemacht und war durch Kleine Nases Schritte aufgewacht. Jetzt richtete er sich auf, gähnte und sah sich verschlafen blinzelnd um.

Kleine Nase wollte nicht warten, bis der Bär ihn entdeckte. Er lief schnell davon. Nach einer Weile sah er sich um. Der Bär wiegte seinen Kopf hin und her. Einen Moment hoffte Kleine Nase, der Bär werde sich wieder hinlegen und weiterschlafen. Stattdessen ließ sich das riesige Tier auf alle viere fallen und trabte auf Kleine Nase zu. Jetzt rannte der Junge noch schneller. Er lief auf die Sandbank hinaus. Der Bär war ihm auf den Fersen.

Plötzlich hatte Kleine Nase das Ende der Sandbank erreicht. Auf drei Seiten war Wasser und auf der vierten Seite wartete der Bär. Kleine Nase saß in der Falle!

Oder nein, noch nicht! Rasch lief Kleine Nase ins Wasser, griff nach den Ästen des Baumstamms, der im Gestrüpp der Uferböschung hängen geblieben war, und kletterte hinauf. Als der Bär versuchte, ihm zu folgen, schaukelte der Stamm heftig. Da die Äste jedoch sehr eng standen, kam der Bär zwischen ihnen nicht hindurch, und Kleine Nase war geschützt. Der Bär ließ sich ins Wasser zurückgleiten. Dort stand er wütend mit triefend nassem Fell und fletschte die Zähne. Brüllend warf er sich nach vorne und griff mit beiden Vordertatzen nach einem Ast, der abbrach.

Mit einem lauten Platschen fiel der Bär in den Fluss. Der Baum schaukelte wild im Wasser hin und her, doch Kleine Nase hielt sich fest.

Das Schaukeln hatte den Baumstamm vom Ufergestrüpp befreit. Es sah aus, als ob der Bär ans Ufer zurückschwimmen würde, aber eigentlich trieb der Baumstamm in tieferes Wasser und mit der Strömung flussabwärts. Kleine Nase sah, wie sich das Ufer immer weiter entfernte.

Die Sandbank konnte er kaum noch erkennen und den Bären sah er auch nicht mehr. Bevor er auf dem Baum um eine Biegung des Flusses trieb, fiel ihm die Rauchfahne auf, die von seiner Höhle aufstieg.

Oje, dachte er, ich werde zu spät zum Abendessen kommen.

Große Sorgen machte er sich aber nicht. Er war sich sicher, dass der Baumstamm bald aufs Ufer zutreiben würde.

Doch die Zeit verging und der Baum schwamm immer weiter flussabwärts.

Kleine Nase hatte keine Ahnung, wo er sich befand. An beiden Ufern wuchs dichter Wald, und nichts wies darauf hin, dass hier irgendwo Menschen lebten.

Kleine Nase dachte an all die Dinge, die auf dem Fluss immer an der Höhle vorbeischwammen. Er hatte sich oft gefragt, wo der Fluss die Sachen hintrug. Jetzt würde er es herausfinden.

Kleine Nase beobachtete beide Seiten des Ufers und versuchte einzuschätzen, ob der Baum eher nach links oder nach rechts trieb. Dann merkte er, dass er sich

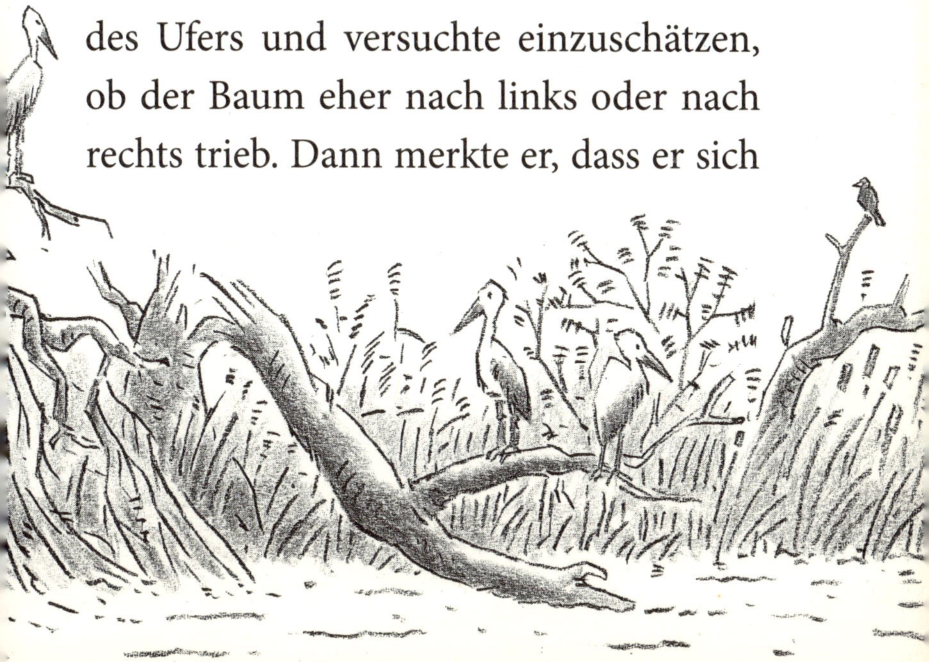

einer Gruppe von Bäumen und Sträuchern näherte.

Da vorne kommt wieder eine Biegung, dachte er. Dann werde ich bald das Ufer erreichen.

Der Stamm trieb nun immer langsamer. Schließlich konnte Kleine Nase die Bäume beinahe berühren. Sein Stamm driftete gemächlich am Ufer entlang. Dann blieben die Wurzeln des Baumes in den niedrigen Ästen einer Weide hängen. Der Stamm schaukelte nur noch sanft. Vorsichtig balancierte Kleine Nase auf dem Baum entlang und zog sich in die Äste der Weide hoch. Wenig später hatte er endlich wieder festen Boden unter den Füßen.

Kleine Nase sah sich um. Dann kämpfte er sich durch das dichte Unterholz, bis er einen schmalen Pfad erreichte. Überall auf dem Pfad waren Tierspuren zu sehen, aber die größten schienen Kaninchenspuren zu sein. Deshalb fürchtete sich Kleine Nase nicht. Er ging in die Richtung, in der seiner Ansicht nach seine Höhle lag. Das Dickicht zu beiden Seiten des Pfads schien nicht aufzuhören. Kleine Nase schwitzte und das Laufen im lockeren Sand wurde immer anstrengender. Er beschloss, sich ein bisschen hinzusetzen. Er lehnte sich gegen einen Baumstamm und sah zum blauen Himmel hinauf.

Plötzlich schreckte er auf und blinzelte. Was war passiert? Es war kühl geworden und dunkler. Der Himmel über ihm war nicht mehr blau, sondern orangefarben. Offenbar hatte er geschlafen. Er musste sich beeilen, um vor Einbruch der Nacht zu Hause zu sein. Kleine Nase fing an zu laufen, doch in dem weichen Sand stolperte er immerzu. Und als das Tageslicht immer schwächer wurde, musste er aufpassen, wo er hintrat. Er lief mit gesenktem Kopf und starrte die ganze Zeit auf den Weg.

Dann entdeckte er die Spuren eines größeren Lebewesens. Offenbar war es schnell gelaufen, denn die Abdrücke waren sehr tief. Kleine Nase blieb stehen und lauschte. Im Gebüsch hörte er Zirpen und

leises Piepsen, aber das schien nicht von einem größeren Tier zu stammen. Das geheimnisvolle Wesen befand sich also vor ihm. Und solange er es nicht einholte, war Kleine Nase vor ihm sicher. Er ging weiter und sah sich dabei immer wieder vorsichtig um.

Plötzlich entdeckte Kleine Nase weitere Spuren, so als sei zu dem ersten großen Tier ein zweites hinzugekommen: Nun liefen zwei Fährten mit tiefen Abdrücken nebeneinanderher. Kleine Nase wusste nicht, hinter was er da herging. Vielleicht war ja sogar eine ganze Herde großer Tiere vor ihm!

Plötzlich hatte er einen Verdacht: Er bückte sich und sah sich die Spuren genauer an … Jetzt begriff er, was geschehen war: Er war mehrmals im Kreis gelaufen! Und das waren seine eigenen Fußabdrücke.

Wenn er aber im Kreis gelaufen war und er den Fluss dabei immer auf einer Seite gehabt hatte, konnte das nur eines bedeuten: Er war nicht am Flussufer, sondern auf einer Insel gelandet! Er musste von der Insel runterkommen – aber wie? Es gab dafür nur eine Möglichkeit: der Baumstamm, sofern er noch da war. Ohne Zeit zu verschwenden, kroch

Kleine Nase durch das Gestrüpp zum Wasser. Der Stamm hing immer noch mit seinen Wurzeln fest. Kleine Nase brach möglichst viele Zweige der Weide ab und warf sich dann auf den Baumstamm. Der Stamm schaukelte im Wasser und drehte sich dann in die Strömung.

Kleine Nases Reise auf dem Fluss ging weiter. Je näher die Sonne dem Horizont kam, desto kälter wurde es. Als der Stamm um die nächste Biegung trieb, begann

Kleine Nase, richtig zu frieren. Er sah, dass der Fluss hier schmäler wurde und schneller floss. An der Oberfläche bildeten sich Strudel, die den Baumstamm kräftig zum Schaukeln brachten. Kleine Nase musste sich gut festhalten. Es wurde auch immer dunkler, und Kleine Nase dachte: Wenn ich ans Ufer treibe, solange ich noch etwas sehen kann, schaffe ich es vielleicht, an Land zu springen.

In diesem Augenblick schnellte der Baumstamm hoch und trieb aufs Ufer zu. Gespannt beobachtete Kleine Nase, wie das Land immer näher kam. Dann aber änderte der Stamm wieder seinen Kurs und schwamm auf die Flussmitte zu. Hier wäre Kleine Nase sowieso nicht aus dem Wasser gekommen, denn der Fluss war von steilen Felswänden umgeben. Schneller und schneller trieb der Baumstamm flussabwärts. Kleine Nase lag auf dem Bauch und hielt sich mit beiden Händen fest. Immer wenn eine Welle über

ihn hinwegschwappte, schloss er schnell die Augen. Er rechnete fast damit, vom Baum heruntergespült zu werden. Als der Baumstamm gegen einen Felsen stieß, sah kleine Nase auf. Das Ufer war nur wenige Meter von ihm entfernt, aber er war noch immer von den gleichen Felswänden umgeben. Er war im Kreis geschwommen!

Wieder löste sich der Stamm vom Felsen, wieder wurde er von der Strömung mitgerissen und wenige Augenblicke später hing er abermals fest, dieses Mal aber an einem Felsen ein kleines Stück weiter flussabwärts. Dann ging es weiter. Kleine Nases Baum trieb im Kreis, aber die Kreise wurden immer kleiner. Wo brachte der Fluss ihn hin?

Kleine Nase richtete sich auf, um besser sehen zu können. Im schwachen Licht der Dämmerung bot sich ihm ein furchtbarer Anblick. Jetzt wusste er, was mit all den Dingen passierte, die der Fluss mit sich fortriss. Ein riesiger Strudel verschlang sie. Schäumend wirbelte das Wasser um ein dunkles Loch. Das Geräusch, das dabei entstand, hörte sich an wie das

Brüllen eines schrecklichen Tiers. Kleine Nase konnte sehen, wie ein dicker, dicht belaubter Ast in den Strudel gerissen wurde und in den schwarzen Fluten verschwand.

Kleine Nase begann zu zittern. Genau das würde ihm auch passieren, wenn er

nicht sofort etwas unternahm. Aber was? Vom Baumstamm ins Wasser zu springen, würde nichts nützen. Er musste ans Ufer kommen. Der Baumstamm trieb nun so schnell, dass ihm schwindlig wurde. Er war dem Strudel schon so nahe, dass er hineinsehen konnte. Ein weiterer Ast verschwand darin. Als er plötzlich etwas Kaltes an der Schulter spürte, fiel er beinahe ins Wasser. Er drehte sich um, konnte aber nichts sehen. Ob ein Ungeheuer im

Strudel lebte? Es passierte wieder. Dieses Mal entdeckte er etwas, das sich gegen den dunklen Nachthimmel abhob. Es war der Ast eines Baumes, der vom Ufer ins Wasser ragte. Vielleicht würde der Ast sein Gewicht tragen?

Sobald sein Baumstamm wieder in die Nähe des Asts kam, wagte Kleine Nase einen Sprung. Der Stamm rollte unter ihm weg. Kleine Nase konnte gerade noch eine Handvoll Zweige erwischen, aber im nächsten Moment lag er im Wasser. Mühsam zog er sich wieder auf seinen Baumstamm und versuchte dann erneut, den überhängenden Ast zu erwischen. Dieses Mal war er zu spät dran. Beim nächsten Versuch richtete er sich sehr vorsichtig auf und balancierte auf dem schaukelnden Stamm, der bereits am Rand des Strudels trieb. Kleine Nase hielt den Blick auf den Ast gerichtet, und als er dieses Mal in dessen Nähe kam, streckte er sich nach oben und packte mit beiden Händen fest zu. Gleich darauf stand er bis zum Bauch im Wasser. Der Baumstamm schoss davon und der überhängende Ast bog sich unter seinem Gewicht. Verzweifelt hangelte sich Kleine Nase Hand um Hand am Ast ent-

lang. Die starke Strömung riss heftig an seinen Beinen. Es fühlte sich an, als versuche der Fluss, ihm die Arme aus den Schultergelenken zu reißen. Endlich erreichte er eine Astgabel und konnte sich kurz ausruhen. Im schwachen Licht der Sterne sah er den Baumstamm, der sich wie eine Keule, die von einem Riesen geschwungen wurde, im Kreis drehte. Dann wurde der Stamm in den Strudel gezogen.

Kleine Nase wurde schlecht. Beinahe hätte er das gleiche Schicksal erlitten! Aber er war noch nicht in Sicherheit. Er musste erst einmal das Ufer erreichen. Und er wusste immer noch nicht, wo er sich befand.

Zum Glück fiel es ihm nicht schwer, am

Baum entlangzuklettern, und bald stand Kleine Nase oben auf einem Felsen. Unter ihm rauschte der Fluss. Er sammelte trockenes Holz und holte seine Feuersteine aus der geheimen Tasche in seinem Fell. Nachdem er die Feuersteine trocken gerieben hatte, konnte er einen Funken erzeugen und ein Feuer anzünden. Dann legte er sich neben sein kleines Lagerfeuer und schlief ein.

Er wachte auf, weil er Stimmen hörte. Mama, Papa und Zweiauge standen neben ihm. Er war zu Hause! Hatte er das alles nur geträumt? Nein, denn die Kratzer an seinen Armen waren echt und sein Fell war wirklich nass.

»Wie bin ich hergekommen?«, fragte er verschlafen.

»Iss jetzt erst einmal dein Frühstück auf, dann zeige ich es dir«, sagte Papa.

Als Kleine Nase satt war, stieg Papa mit ihm auf den Hügel hinter der Höhle. Nachdem sie ein kurzes Stück gegangen waren, zeigte Papa auf die Überreste von Kleine Nases Lagerfeuer. Sie liefen nur ein paar Schritte weiter und konnten dann den Strudel sehen. Bei Tageslicht wirkte er noch viel furchterregender.

Zum ersten Mal sah Kleine Nase, dass der Fluss in einer großen Schleife um sein Zuhause herumfloss. Seine abenteuerliche Reise hatte an einer Stelle geendet, die nicht weit von seiner Höhle entfernt lag. Papa hatte ihn auf der anderen Seite des Hügels gefunden. Kleine Nase war die ganze Geschichte etwas peinlich. Trotzdem dauerte es lange, bis er wieder einmal am Fluss spielte.

KLEINE NASE, DER HELD

An einem verregneten Nachmittag langweilte sich Kleine Nase. Außerdem war sein Vater böse auf ihn.

»Das war das letzte Mal, dass ich dich mit auf die Jagd genommen habe. Man möchte es kaum für möglich halten … Vor all den anderen Männern … Ich wundere mich, dass sie überhaupt noch mit mir reden. Du solltest dich schämen.«

Doch Kleine Nase schämte sich nicht. Er hörte nicht einmal besonders aufmerksam zu. Die Sprüche seines Vaters kannte er schon.

Gleich heißt es wieder: Als ich so alt war wie du ..., dachte er.

»Als ich so alt war wie du«, fuhr Papa fort, »war ich eine große Hilfe für meine alte Mutter. Schon damals war ich ein erfahrener Jäger und alle im Stamm redeten über meine Geschicklichkeit beim Speerwerfen.«

Auch über Kleine Nases Speerwürfe redeten alle. Aber nur, weil er mit seinem Speer das zum Trocknen aufgehängte Fell eines Nachbarn durchlöchert hatte.

Papa regte sich nur deshalb so auf, weil er wirklich ein erstklassiger Jäger war. Und er wollte unbedingt, dass Kleine Nase ein ebenso guter Jäger wurde.

In den Tagen der Neandertaler gab es noch keine Schulen. Und Kinder lernten alles, was sie wissen mussten, von ihren Eltern. Das war manchmal sehr langwei-

lig, konnte aber auch ziemlich interessant sein. Papa hatte Kleine Nase schon öfters auf die Jagd mitgenommen. Aber dieses Mal war es anders gewesen. Anstatt nur zuzuschauen, hatte Kleine Nase mithelfen dürfen.

Papa hatte sich immer noch nicht beruhigt: »Es muss doch etwas geben, was du kannst«, meinte er verzweifelt. »Wenn wir dich die Fährten lesen lassen, führst du uns direkt in die Höhle des Löwen. Wir haben nur deswegen überlebt, weil das Lagerfeuer, das du anzünden solltest, den ganzen Wald in Brand gesetzt hat. So konnten wir im Rauch entkommen. Ich weiß wirklich nicht mehr, was ich mit dir anfangen soll.« Und er starrte traurig ins Feuer.

Armer Kleine Nase! Dabei gab er sich so viel Mühe. Er wollte wirklich so ein guter Jäger wie Papa werden.

Natürlich war das ein Teil des Problems: Papa war einfach zu gut. Warum konnte er nicht auch mal einen Fehler machen? Normalerweise hatte kein Mensch immer recht. Abgesehen von Papa, natürlich.

Kleine Nase stellte sich in seinen Tagträumen immer vor, dass sein Vater von wilden Tieren eingekreist wäre, und nur er, Kleine Nase, könnte ihn retten. Dabei bewies er so viel Mut, dass er zum Helden des Stammes wurde. Natürlich wusste

Kleine Nase, dass das nur ein Traum war. In Wirklichkeit würden ihn die wilden Tiere auf einen Baum jagen oder gleich auffressen.

An diesem Abend ging Kleine Nase sehr niedergeschlagen ins Bett. Am nächsten Morgen saß er schweigend beim Frühstück und dachte angestrengt nach. Es musste doch einen Weg geben, Papa zu zeigen, dass er nicht so dumm war, wie alle dachten.

Er überlegte immer noch, als er mit Zweiauge zum Spielen hinausging. Deshalb hörte er nicht, wie ein Mann im Scherz zu seiner Frau sagte: »Hol die Wäsche herein! Hier kommt Kleine Nase, der beste Speerwerfer aller Zeiten!« Er überhörte auch den anderen, der rief: »Komm

und hilf uns, Kleine Nase! Du kannst viel größere Feuer anzünden als wir!«

Den größten Teil des Vormittags über saß Kleine Nase zusammen mit Zweiauge unter ihrem Lieblingsbaum und überlegte sich einen Plan. Wie gerne würde er seinen Vater aus einer misslichen Lage befreien. Aber er wusste, dass Papa niemals von allein in solch eine Lage geraten würde.

Deshalb musste er sich als großer Jäger erweisen, indem er ganz allein irgendein Tier fing. Dann würden alle staunen. Die Frage war nur, was er fangen sollte und vor allem: wie?

Die Neandertaler kannten mehrere Jagdmethoden und Kleine Nase ging sie in Gedanken durch. Vögel, Kaninchen und andere kleine Tiere wurden mit Wurfstöcken und Steinen erschlagen. Doch Kleine Nase konnte die Stöcke und Steine nicht besonders gut werfen. Pferde und Hirsche jagten die Neandertaler, in-

dem sie sich heranschlichen und sie mit dem Speer erlegten oder aber auf einen Abgrund zu hetzten, sodass die Tiere hinunterstürzten. Doch das Anschleichen klappte bei Kleine Nase nie. Und wenn er ein großes Tier hetzte, war es ziemlich wahrscheinlich, dass sich das Tier umdrehen und Kleine Nase vor sich herjagen würde.

»Wenn ich ein bedeutender Jäger werden möchte«, dachte er, »dann muss ich ein richtig großes Tier fangen. Zum Beispiel ein Nashorn.«

Papa hatte einmal erzählt, wie manche Stämme diese riesigen und gefährlichen Tiere fingen. Zuerst gruben sie ein großes Loch. Dann deckten sie die Grube mit Ästen, Blättern und Gras ab, bis man sie von der Umgebung nicht mehr unterscheiden konnte. Wenn ein schweres Tier darüber lief, brachen die Äste unter seinem Gewicht ein, und das Tier fiel in die Grube. Wunderbar, wie einfach das war.

Natürlich überlegte Kleine Nase nicht, was dann kam oder wie man das Nashorn wieder aus der Grube herausholte.

Gleich nach dem Mittagessen fing er an zu graben. Sein Spaten bestand aus einem flachen Knochen, der an einem Stock befestigt war. Nie hätte er gedacht, dass Graben so anstrengend wäre! Er musste dabei

auch Felsbrocken wegrollen und Baumwurzeln zerhacken. Seine Schultern und Arme taten ihm weh, aber als es Zeit fürs Abendessen wurde, hatte er schon einiges geleistet: Die Grube war jetzt mindestens knietief. Er versteckte seinen Spaten im Gebüsch und ging nach Hause.

Mama war entsetzt, als sie ihn sah.

»Was hast du denn gemacht?«, rief sie aus, als er in die Höhle kam.

»Nur gespielt«, antwortete Kleine Nase. »Ist das Abendessen fertig?«

»Du bekommst kein Abendessen, junger Mann, bevor du dir nicht den ganzen Dreck abgewaschen und ein sauberes Fell angezogen hast. Du bist furchtbar schmutzig. Ich weiß nicht, wie du das immer schaffst!«

Tage und Wochen vergingen und Mama machte sich um Kleine Nase allmählich Sorgen. Sobald es morgens hell wurde, sprang er aus dem Bett und verbrachte den ganzen Tag außerhalb der Höhle. Nur zu den Mahlzeiten kam er nach Hause. Dabei hatte sie ihn früher morgens nie aus dem Bett bekommen und musste ihn ständig aus der Höhle jagen, wenn sie in Ruhe putzen oder das Essen zubereiten wollte. Schmutzig gemacht hatte er sich schon immer, aber ansonsten war er wie ausgewechselt.

Die Grube wurde immer tiefer. Erst war sie knietief gewesen, dann verschwand Kleine Nase bis zum Bauch darin und später bis zu den Schultern. Bald konnte er beim Graben nicht mehr über den

Rand der Grube hinausschauen, aber er machte weiter. Ein Nashorn war ziemlich groß und deshalb musste die Falle tief genug sein.

Die ganze Zeit über hoffte Kleine Nase, dass niemand herausfand, was er da machte. Wenn er eines Tages mit einem Nashorn nach Hause kam, sollte das die große Überraschung werden.

Endlich war die Grube fertig. Dann begann der nächste Arbeitsschritt. Kleine Nase suchte in den Wäldern ringsherum nach abgebrochenen Ästen und schleppte sie zu der Grube. Zweiauge half ihm dabei. Gemeinsam legten sie die Äste kreuz und quer über die Falle, bis sie völlig abgedeckt war. Dann streute er Laub, Gras und Erde über die Äste, bis man von der

Grube nichts mehr sah. Jetzt brauchte er nur noch ein Nashorn.

Als er zur Sonne schaute, merkte Kleine Nase, dass es schon spät war. Mama wartete sicher schon längst mit dem Abendessen. Er musste sich beeilen. Er warf noch schnell ein paar Grashalme auf seine Nashornfalle und rannte mit Zweiauge zur Höhle.

Als er dort ankam, war Mama furchtbar wütend.

»Kleine Nase«, schimpfte sie, »es wird jeden Tag schlimmer mit dir. Wo warst du? Papa ist draußen und sucht dich. Du musst ihm gleich hinterherlaufen, sonst ist er die ganze Nacht unterwegs.«

Kleine Nase lief hinaus, um nach Papa Ausschau zu halten. Er ging am Fluss entlang, den Hügel hinauf und in den Wald, aber von Papa war nichts zu sehen. Er dachte, dass Papa vielleicht schon wieder nach Hause gegangen war und dass er selbst auch schleunigst zurückkehren müsse, um keinen Ärger zu bekommen. Kleine Nase hatte sich gerade umgedreht, als auf einmal furchtbarer Lärm zu hören war. War das ein großes und sehr wütendes Tier? Der Junge sah sich nach einem Baum um, auf den er sich in

Sicherheit bringen könnte. Dann merkte er, dass das Geräusch nicht näher kam. Er horchte wieder … Seine Falle! Es hatte funktioniert! Er hatte etwas gefangen! Kleine Nase rannte, so schnell er konnte.

Als er bei der Grube war, drangen schauerliche Laute herauf. Er hockte sich hin und kroch vorsichtig an den Rand. Die Schatten in der Grube machten es schwer, etwas zu erkennen. Doch als seine Augen sich an die Dunkelheit gewöhnt hatten, sah er, was ihm in die Falle gegangen war.

Es war voller Erde, Grashalme und Laub und versuchte vergeblich, aus der Grube herauszuklettern … sein wütender Vater!

Einen Augenblick lang sagte Papa nichts, dann schrie er Kleine Nase an: »Steh da nicht rum! Hilf mir hier raus!«

Kleine Nase sah sich um und entdeckte einen schlanken, jungen Baum, der neben der Falle wuchs.

»Geh nicht weg, Papa. Ich bin gleich wieder da«, sagte er und flitzte zur Höhle.

Mama erschrak, als Kleine Nase in die Höhle stürzte, sich eine Axt nahm und wieder hinausrannte. Als er bei der Falle war, fällte er mit der Axt den jungen Baum. Der kippte so um, dass seine Spitze in die Höhle fiel. Jetzt konnte Papa daran aus der Falle klettern. Kleine Nase wollte gerade vor ihm davonlaufen, als er plötzlich lautes Jubeln hörte.

Alle Männer des Stammes hatten sich um ihn versammelt, hoben ihn in die Höhe und trugen ihn auf ihren Schultern. Sie hatten brennende Fackeln dabei und machten mit ihm einen richtigen Festumzug. Die Männer sangen beim Gehen. Schließlich setzten sie ihn vor dem wei-

sen alten Mann ab. Der legte seine Hand auf Kleine Nases Kopf und hielt eine lange Rede. Das meiste davon begriff der verwirrte Junge nicht. Kleine Nase sah, dass sein Vater sehr stolz wirkte und dass seine Mutter lächelte, obwohl ihr die Tränen herunterliefen.

Dann beendete der weise alte Mann seine Rede mit den Worten: »… und deshalb überreiche ich dem mutigen Jungen, der seinen Vater im Wald aus großer Gefahr gerettet hat, als Zeichen der Anerkennung diese Waffe.«

Er schenkte Kleine Nase einen Jagdspeer in Kindergröße. Wieder jubelten alle. Dann riefen sie: »Eine Rede! Du musst auch eine Rede halten!«

Doch Kleine Nase lächelte nur überglücklich und sagte: »Vielen Dank.«

Und so war Kleine Nase zum Helden geworden. Geändert aber hatte sich dadurch nichts. Er war immer noch Kleine Nase, der frechste kleine Junge im Stamm. Zwar hatte er Papa aus der Nashornfalle gerettet, aber Papa konnte sich ungefähr denken, wer schuld war, dass er überhaupt hatte gerettet werden müssen. Eine

Weile noch sagten die Leute, wenn sie ihn schimpften, Sachen wie: »Ein Held würde das nicht tun.« Dann hörten sie damit auf. Mit der Zeit vergaß Kleine Nase auch den Speer, den der weise alte Mann ihm geschenkt hatte, und ließ ihn achtlos irgendwo in der Höhle herumliegen. Bald spielten Kleine Nase und Zweiauge wieder fröhlich miteinander, ohne an irgendwelche Heldentaten zu denken. Und Spielen ist für Kinder und kleine Mammuts immer noch das Allerwichtigste auf der Welt.